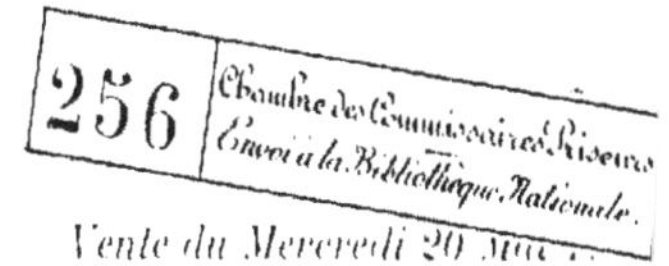

N° 3 Vente du Mercredi 20 Mai

HOTEL DROUOT — SALLE N° 7

N° 71

COSTUMES MILITAIRES

COSTUMES CIVILS, COSTUMES de THÉATRE

OUVRAGES HISTORIQUES

DESSINS ORIGINAUX, de Luque, Léandre, Sem, etc.

ESTAMPES DIVERSES

Commissaire-Priseur :
Me ANDRÉ DESVOUGES
Sr de M. M. DELESTRE

Expert : LÉO DELTEIL
Libraire et Marchand d'Estampes
28, *Rue de Châteaudun*

CATALOGUE

DE

Costumes Militaires

FRANÇAIS ET ÉTRANGERS

Collections d'*AQUARELLES ORIGINALES*

de Lalaisse, Raffet, Schindler, Werner, etc.

Provenant des Collections San Donato, A. Millot

et A.-V. Otero

COSTUMES CIVILS, COSTUMES de THÉATRE

OUVRAGES ET RECUEILS D'ESTAMPES

Sur la Topographie, l'Histoire, les Mœurs, etc.

COLLECTION IMPORTANTE DE PORTRAITS-CHARGES

Dessins originaux de Luque, A. Le Petit, Léandre, Sem, etc.

ESTAMPES DIVERSES

Dont la vente aura lieu

à Paris, HOTEL DROUOT, Salle N° 7

Le Mercredi 20 Mai 1908

à 2 heures précises

Par le ministère de Me ANDRÉ DESVOUGES

COMMISSAIRE-PRISEUR

Successeur de Me Maurice Delestre

26, Rue de la Grange-Batelière

Assisté de M. LÉO DELTEIL

Libraire et Marchand d'Estampes

38, Rue de Châteaudun

CONDITIONS DE LA VENTE

Elle sera faite au comptant.

Les adjudicataires paieront *dix pour cent* en sus des enchères.

M. Léo Delteil remplira les commissions que voudront bien lui confier les amateurs ne pouvant y assister.

MM. les amateurs pourront visiter la collection du Lundi 11 au Lundi 18 mai 1908, *38, rue de Châteaudun.*

DÉSIGNATION

COSTUMES MILITAIRES

1. **Armée Française**. Dragons. Tenues diverses, 1884-1886. *Peintures originales* sur panneaux de bois ou cartons (33×23).

Collection de 12 peintures signées Alfred DECAEN ?

2. **Armée Française**. Cuirassiers. Tenues diverses, 1884-1885. *Peintures originales* sur cartons (33×23).

Collection de 8 peintures signées Alfred DECAEN ?

3. **Baudouin**. Exercice de l'Infanterie Françoise ordonné par le Roy le 11 may 1755, dessiné d'aprés nature dans toutes ses positions et gravé par S. R. Baudouin, Colonel d'Infanterie, Chevalier de l'Ordre Royal et Militaire de St-Louis et Lieutenant de Grenadiers au Régiment des Gardes Françaises, 1757 ; in-fol., demi rel. veau.

Bel exemplaire.

4. **Bosse** (A.), Figures au naturel tant des vestements que des postures des Gardes Françoises du Roy Très chrestien. *A Paris chez François L'Anglois, dit Ciartres, s. d.*, in-4, en feuilles.

Suite complète de 9 pièces d'Abr. Bosse ; belles épreuves avec encadrements.

5. **Detaille** (Ed.) L'Armée Française. Types et uniformes. *Paris, Boussod et Valadon.* — Réunion de 90 planches, épreuves en *tirage à part, en noir,* sur *papier du japon* ; in-fol., en feuilles.

6 **Garde Nationale**. Réunion de onze pièces gravées et lithographiées par Raffet, Charlet, etc , en noir et *coloriées.*

On y a joint : *Nouveau Manuel* complet des Gardes Nationaux de France, par M. R. L. *Paris, Roret, s. d.* (1837), in-16, *planches.*

7. **Giffart.** L'Art Militaire François, pour l'infanterie, contenant l'exercice et le maniement des armes, tant des officiers que des soldats, représenté par des figures en taille-douce, dessinées d'après nature. *Paris P. Giffart*, 1696, in 8, fig., veau anc.

Ouvrage curieux et rare, orné d'un frontispice et de 85 planches. Piqure de ver à plusieurs ff.

8. **GRAMMONT**. *Troupes à cheval de la Maison du Roi*, Cavalerie et Dragons, 1724. **Aquarelles,** in-fol., enfeuilles, dans un carton.

Collection complète de *48 aquarelles* par *Grammont*, rehaussées d'or et d'argent, exécutées d'après les gouaches du Recueil d'Hermand, de la Bibliothèque de la Guerre.

Fort belle suite, du plus haut intérêt. Provient de la vente *A. Millot*, et de la collection *A. V. Odero.*

9. **Guérard** (N.). Les Exercices de Mars. *Paris*, *s. d.* (vers 1700) ; in-4 obl., cart.

Suite de 23 planches (sur 24 ; le titre manque) de costumes militaires, scènes, exercices, punitions infligées aux soldats, etc. Rare.

10. **HOFFMANN**. *Les Régiments Suisses* et Grisons au service de la France, 1780. *Zofingue* (*Suisse*), 1883 ; **Aquarelles** in-4, en feuilles, dans un carton.

Suite de 1 titre manuscrit et *12 aquarelles* sur papier calque, exécutées d'après les tableaux conservés à l'arsenal de Soleure, par *E. Volmar.*

Provient de la vente *A. Millot.*

11. **Lalaisse (H.)** Armée Française, 1835-1845. Album in-fol., cart.

Album de l'artiste, contenant sur 46 pages, plus de 200 types de l'armée française, de 1835 à 1845, *exécutés au crayon et à l'aquarelle.* Il renferme les notes de l'auteur.

Précieux document provenant de la vente de l'*Artiste* et des *collections A. Millot et A. V. Odero.*

12. **LALAISSE (H.)** Armée Française, 1840-1850. In-4, en feuilles.

Remarquable collection de *50 aquarelles originales de Lalaisse*, représentant les uniformes de l'Armée française, de 1840 à 1850. Chacune de ces aquarelles représente une figure, avec, pour la plupart, des détails en marges.

Provient de la vente de l'*Artiste*, et *des collections A. Millot et A. V. Odero.*

On y a joint : 25 *dessins originaux* du même artiste, donnant des détails de harnachements, d'équipements, etc.

Ensemble 75 pièces.

13. **LALAISSE (H.). Armée française sous Napoléon III** 1854-1870, in-fol., en feuilles.

Remarquable collection de **131 aquarelles originales** *de Lalaisse* comprenant :
A. *Garde Impériale*, 40 pièces.
B. *Troupes à cheval*, 45 pièces.
C. *Troupes à pied*, 40 pièces.
D. *Harnachements, équipements*, 6 pièces.

Chacune de ces aquarelles donne, en une figure à pied ou à cheval, la représentation des uniformes de l'Armée Française sous le second Empire, avec de nombreux détails en marge. Elles sont d'une exécution tout à fait remarquable et peuvent être considérées comme le plus précieux documents sur l'armée de cette époque.

Une partie de ces aquarelles (78), ont figurées à la vente *A. Millot* ; les autres proviennent de *l'atelier de l'artiste, et de la collection Odero.*

14. **Legras (A.)** Uniformes militaires de l'Armée et la Marine française, 1884-1889; in-fol., en feuilles.

Collection de 20 planches *en chromolithographie*, éditées par A. Legras. — On y a joint 4 planches du même, représentant des scènes militaires.

Ens. 24 planches.

15. **Lœillot**, *d'après Ch. Aubry*, Armée française. *Saumur*, 1837; in-8, en feuilles, sous *couv. ill.*

Suite de 1 couverture et 16 planches de costumes militaires lithographiées.

16. **Lostelneau (de)**. Le Mareschal de Bataille, contenant le maniment des Armes, les Evolutions, plusieurs Bataillons, tant contre l'Infanterie que contre la Cavalerie, divers ordres de batailles, etc. *Paris*, 1647, in-fol., 48 planches, vélin anc.

Ouvrages curieux, devenu rare, orné de 48 planches sur cuivre, relatives au maniement et à l'exercice de la pique et du mousquet.

Ouvrage important pour l'étude du costume militaire sous Louis XIII et Louis XIV. — Rare.

17. **Marine Royale** au commencement du XVIIIe siècle. **Aquarelles** in-fol., en feuilles, dans un carton.

Intéressante collection de *6 belles aquarelles* représentant avec précision, les costumes militaires de la Marine au commencement du XVIIIe siècle, et dont il existe que peu de documents par la gravure.

18. **Martinet**. Troupes Françaises. **Aquarelles originales;** in 4°, en feuilles.

Réunion de *16 pièces originales* de la Collection Martinet, exécutées à l'aquarelle, et portant pour la plupart des annotations manuscrites.

19. **Martinet**. Troupes Françaises (Empire); in-8°, en feuilles.

Réunion de 76 pièces *coloriées*; plusieurs en double, la plupart avec variantes et annotations manuscrites.

20. **Martinet.** Troupes Françaises (Garde Impériale); in-8°, en feuilles.

Réunion de 47 pièces *coloriées*, dont plusieurs doubles avec variantes et annotations manuscrites.

21. **Martinet**. Troupes Françaises (Restauration); in-8°, en feuilles.

Réunions de 10 pièces *coloriées*, dont plusieurs portent des annotations manuscrites de l'époque.

22. **Parrocel (C.)**. Recueil de différentes attitudes de Cavaliers et de Dragons, inventé par C. Parrocel, *A Paris, chez Huquier. s. d.*, en 1 vol. grand in-fol., gr. in-fol., mar. lavall. foncé, fil à froid, dent. int., tr. dor.

Suite complète de 12 planches.
Le même volume contient :
1° 35 planches de Cavaliers, par C. Parrocel, gravées par Berey fils, Guélard, etc...
2° 9 planches de Costumes militaires, par De La Rue.
3° 8 planches de Costumes Militaires, maniement d'armes, par Eisen, Aliamet, Le Mire *(3 à l'état d'eau forte)*.
Ensemble 64 planches.

23. **Planches** relatives au Règlement concernant l'Exercice et les Manœuvres de l'Infanterie du 1er août 1791. *Paris, Maginel*, 1793, in-12, pl., demi rel. v.

40 Planches au trait, avec texte explicatif.

24. **Régiments d'Infanterie française**, époque Louis XIV (vers 1710-1714). **Aquarelles** exécutées d'après un Manuscrit ancien. In-4°, en feuilles.

Belles collections de 25 *aquarelles*, représentant les différents Régiments de l'Infanterie sous Louis XIV, dans les différentes attitudes du maniement de l'armes. — Les noms des Régiments sont indiqués au dos des pièces. — Provient de la vente *A. Millot*.

N° 13

N° 36

25. **Régiments d'Infanterie** sous Louis XV. **Aquarelles** exécutées d'après les originaux appartenant au Musée de Versailles; in fol., en feuilles.

Suite de 14 belles *Aquarelles*, représentant en un personnage à pied, les Gardes Françaises, Gardes Suisses et 14 Régiments d'Infanterie, avec le casque comme coiffure. Ces pièces mesurent 0.37 × 0.26.

Belle série provenant de la vente *A. Millot.*

26. **Seele.** Spielende Kayserliche — Spielende Franzosen — Deux pièces formant pendants, in-fol. en larg. Très belles épreuves *imprimées en couleurs. Rares.*

27. **Sta (H. de).** Costumes militaires, Hussards du 1er Empire. **Quatre aquarelles originales,** in 4° et in-fol., en feuilles.

On y a joint : *A la Brasserie. Aquarelle originale* de *Tirel-Boguet.*

Ensemble 5 aquarelles.

28. **Sta (H. de). Napoléon 1er et ses généraux — Aquarelles originales,** en 1 vol. petit in-4, cart. bradel, dos et coins percal. verte.

Collection de *12 Aquarelles originales* de Sta, représentant à cheval, l'Empereur et ses principaux généraux : *Bessières, Duroc, Junot, Kléber, Lasalle, Macdonald, Marceau, Murat, Ney et Poniatowski.*

29. **Troupes de l'Armée Française et des Armées alliées,** Campagne de 1813. — Collection de **83 aquarelles** exécutées en 1843; in-4 obl., en feuilles.

Curieuse et intéressante série copiée sur les pièces originales faites à Dresde pendant la Campagne de 1813 et donnant la représentation des Troupes de l'Armée Française et des Armées Alliées à cette époque.

Ces 83 aquarelles sont toutes à plusieurs personnages ; elles sont signées *G. A. v. Hüsse, et datées de 1843.*

30. **Costumes** et scènes militaires, par Callot. Duplessis-Berlaux, J. A. Chevalier, etc. Réunion de 26 pièces.

31. **Costumes Militaires** français. Réunion de environ 120 pièces diverses par Bellangé, Charlet, H. Lalaisse, Bastin, Lami et Vernet, V. Adam, etc, en noir et *coloriées.*

32. **ARMÉE PRUSSIENNE,** 1730-1815. **Aquarelles originales**; in-4, en feuilles.

Collection de *43 aquarelles*, la plupart signées *Grünberg*, comprenant principalement les Costumes de l'Armée Prussienne *de 1807 à 1815* : Uniformes des Régiments d'Infanterie, des divers corps de Volontaires, des divers Corps de Chasseurs, etc. — Ces aquarelles sont à un ou plusieurs personnages.

Collection fort intéressante, provenant des *Ventes Kleist et A. Millot.*

32 *bis*. **Accurate Vorstellung** der samtlichen Kœniglich Preussischen Armee Worinnen zur eigentlichen Kenntniss der Uniform von jeden Regimente ein Officier und Gemeiner in Volliger Montirung und ganzer Statur nach dem Leben abgedibet find Nebst beygefugter Nachricht. 1. von der Stiftung; 2. Denen Chefs; 3. Der Staerke und; 4. der in Friedenszeiten habenden guarnisons jedes Regiments. Herausgegeben und gezeichnet von I. C. H V. S. (Schmale). *Nurnberg*, 1762, in-8, fig. color., cart. anc.

Recueil important de *Costumes Militaires Allemands*, composé d'un front. avec port. de Frédéric II, d'un titre et de 131 planches de Costumes militaires, *coloriées avec rehauts d'or et d'argent*, et à 2 personnages par planche.

Ex. en état médiocre. Raccommodages et déchirures.

33. **Eckert et Monten**. Les Armées d'Europe, représentées en groupes caractéristiques..... **Bavière**. *Wurzbourg, s. d.* (vers 1835); in-4, en feuilles, dans un carton.

37 planches *coloriées*, dont 6 doubles différentes et 2 tableaux synoptiques en double état, soit 41 planches.

34. **Finart.** Uniformes des Armées alliées (1814). 3e livraison : Troupes prusiennes ; in-4, en feuilles.

Livraison complète de 12 pièces gravées par *Duplessi-Bertaux*, gravées par *Levachez*.

Belles épreuves *coloriées*, toutes marges.

35. **Kaiser-Manœver**, 1884. *Leipzig, 1884*; in-fol., en feuilles, dans un cart. spécial.

Suite de 12 photographies représentant les manœuvres allemandes de 1884.

36. **Kolbe**. Armée Prussienne (1802) : Kurassier Regiment Schleinitz. — Dragoner Reg. Churfürst Pfalz Baiern im Lager bei berlin.

Deux pièces in-fol. en larg., gravées par Frick. Belles épreuves *en couleurs*. Rares.

37. **Militarischer** Almanach auf das Jahr 1779. *Altona*, 1779, in-16, *fig.*, broché.

Orné de 12 planches de Costumes militaires *coloriées*, 3 planches de Schema, 3 tableaux et 2 cartes.

38. **Sacher**. Troupes prussiennes. *Berlin*, 1833-1836 ; in-4°, en feuilles.

Réunion de 4 pièces lithographiées et *coloriées*, de la 1re série : nos 29, 43, 60 et 68. Planches rares.

39. **Schindler**. Armée Royale Prusienne. (*Berlin*, vers 1870) ; gr. in fol., demi chag. bleu, plats toile, dos orné.

Collection de 48 planches (sur 50) litographiées et *coloriées*.

40. **SCHINDLER** (C. F.) **Deutsche zu Pferd**. 1884-1887. **Aquarelles originales** ; in-4 oblong, en feuilles.

Superbe collection de *60 Aquarelles originales* exécutées, avec un soin très remarquable. Ces pièces en largeur, sont à plusieurs personnages avec fonds représentant les différents corps de l'Armée Prusienne, et forment de véritables petits tableaux.

Chaque pièce porte au dos le nom du corps représenté.

Très belle série provenant de la Vente *A. Millot* et de la Collection *A. V. Odero*.

41. **WERNER.** Trompettes des Régiments de Hussards Prussiens, 1740-1792. **Aquarelles originales** signées et datées ; in-fol., en feuille.

Collection de *8 superbes aquarelles* représentant 10 figures en pied, de Trompettes, dans des poses variées.

Cette admirable suite est complètement restée inédite. — Ces aquarelles fort documentaires sont de véritables tableaux ; elles mesurent 22 × 17 cent.

Provient de la collection *A. Millot*.

42. **Costumes militaires** prussiens, autrichiens. Réunion de 22 pièces diverses, en noir et *coloriées*, plusieurs rares.

43. **Armée anglaise.** Military Incidents. In fol. obl., en feuilles.

Suite de 6 planches *en couleurs*, dessinées par C. B. Newhouse, gravées par R. G. Reeve, représentant différentes scènes de la vie militaire anglaise.

44. **The British Military Library;** or Journal : comprehending a complete Body of Military Knowledge; and consisting of original and communications; with Selections from the most approved and Respectable Foreign Military Publications. *London, Carpenter*, 1799-1801, 2 vol. in 4, pl., veau anc.

Orné de 28 belles planches *en couleurs*, de costumes militaires anglais, gravées par *C. Tomkins*, et de nombreuses cartes et plans.

45. **Costumes militaires** anglais. Réunion de 10 pièces diverses, en noir et *en couleurs*.

---

46. **RAFFET** Armée austro-hongroise, campagne d'Italie, 1849. Dessins originaux d'après nature, datés de 1849, provenant de l'atelier de l'artiste.

Collection de 36 *dessins originaux* au crayon et à la plume. Très importante série provenant des collections *San Donato* et *Millot*.

47. **Raffet.** Régiment Don Miguel. Un capitaine. Aquarelle originale de Raffet. (35×24).

Belle aquarelle provenant des collections *San Donato*, (*1870*), *A. Millot et A. V. Odero.*

48. **Raffet.** Régiment Giulay (Autriche). Un lieutenant. Aquarelle originale de Raffet (35×24).

Belle aquarelle provenant provenant des collections *San Donato* (1870), *A. Millot* et *A. V. Odero.*

49. **Raffet.** Régiment Don Miguel. Soldat au repos, l'arme au pied. Aquarelle originale de Raffet (35×24)

Belle aquarelle provenant des collections *San Donato*, 1870, *A. Millot* et *A. V. Odero.*

50. **Raffet.** Régiment Giulay. Tambour, petite tenue AQUARELLE ORIGINALE de Raffet (35×24).

Belle aquarelle provenant des collections *San Donato* (1870), *A. Millot* et *A. V. Odero.*

---

51. **Raffet**. Régiment Giulay (Autriche). Soldat en tenue de campagne. AQUARELLE ORIGINALE de Raffet. (35×24).

Belle aquarelle provenant des collection *San Donato*, 1870, *A. Millot* (1904) et *A. V. Odero.*

52. **Raffet**. Régiment Giulay (Autriche). Soldat en tenue de campagne, de profil. AQUARELLE ORIGINALE de Raffet. (35×24).

Belle aquarelle provenant des collections *San Donato* (1870), *A. Millot* (1904) et *A. V. Odero.*

---

53. **Costumes militaires Russes** et de l'Orient. — Réunion de 29 pièces en noir et *en couleurs*, par Rugendas, Sauewreid, Martinet, etc.

54. **Infanterie Russe,** 1813. — Suite de 6 AQUARELLES modernes ; in-8, en feuilles.

55. **Klein (J. A.).** Scènes militaires russes, 1815-1819. — Cinq pièces in 4 en larg., en feuilles.

56. **Pajol.** Armée Russe : Garde impériale. 2 planches lithographiées et *coloriées* ; in 4, en feuilles. Rares.

57. **LEX.** UNIFORMES DE L'INFANTERIE POLONAISE (1825). AQUARELLES d'après le " Recueil de dessins d'uniformes " de L. C. Lex, 1825, à la Generalstabs Bibliothek de Berlin. In fol., en feuilles.

Suite complète de *14 aquarelles* exécutées par Giersberg, d'après ce célèbre Recueil. — Ces pièces admirablement traitées et de la plus parfaite exactitude représentent chacune 2 ou 3 personnages à pied, poses variées ; elles mesurent 35 × 27 cent

Provient de la vente *A. Millot.*

---

58. **Espagne.** Voluntario Realista. — Suite de 8 AQUARELLES ORIGINALES, non signées, exécutées vers 1823 ; in-fol., en feuilles.

59 **Gimenez.** Costumes militaires espagnols. *Madrid*, vers 1850 (*Imp. Lemercier, à Paris*); in-4, en feuilles.

Réunion de 42 planches lithographiées et coloriées par *V. Adam*, d'après *Gimenez*, tirées de l'ouvrage de l'histoire des Armes de l'Infanterie et Cavalerie espagnoles par le Gal Cte de Clonard.

On y a joint : *Album Militar*. Excercito espanol — Réunion de 13 planches lithographiées et *coloriées*, par V. Adam, d'après Villegas.

Ensemble 55 pièces.

---

60. **Breen (Adan van).** Le maniement d'Armes de Nassau, aveq rondelles, piques, espées et targes; représentez par figures, selon le nouvel ordre du tres illustre Prince Maurice de Nassau, par Adam Van Breen, aveq instruction par escript pour tous Cappitaines et Commandeurs, nouvellement mis en lumière. *La Haye*, 1618, in-4, fig., demi rel. veau.

Ouvrage orné de 48 planches gravées sur cuivre par *A. Van Breen*, relatives au maniement de la pique, du sabre et du bouclier. — 3 planches détachées du volume.

61. **Goltzius** (H.). Les Habillements des Officiers et soldats d'un Régiment d'Infanterie des Pays-Bas ; 1587 ; in-4, en feuilles.

Suite complète de 12 estampes gravées par *Jacques de Gheyn*, d'après *Goltzius* ; ces estampes très bien exécutées, représentent le colonel, le tambour, l'enseigne, un arquebusier, un piquier, etc.

Belles épreuves.

62. **Pays-Bas.** Cavalerie, 1786. Suite de 6 *aquarelles* exécutées sur soie.

63. **RAFFET.** *Armée Belge*, 1849. **Aquarelles originales** d'après nature, datées de Bruxelles, 1849 ; provenant de l'atelier de l'artiste (285×210).

Collection de 11 *aquarelles originales* (1 dessin au crayon) de *Raffet*.

Très intéressante série ayant fait partie des collections *San Donato*, *A. Millot* et *A. V. Odero*.

---

64. **Armée Sarde** (1792). — *Aquarelles originales*, anonymes. Gr. in-8, en feuilles.

Suite de *18 belles aquarelles* non signées : elles représentent un personnage à pied, sans aucun texte.
Belle série concernant divers types de fantassins de l'Armée Sarde.

65. **AURIA**. *Troupes Napolitaines*, 1825. — **Aquarelles originales** ; in-fol., en feuilles.

Collection de *14 très belles aquarelles* par *Auria*. Ces pièces exécutées avec un soin tout à fait remarquable, mesurent environ 30 cent. Les titres sont en italien.
On y a joint une lithographie *coloriée* : *Garde du Corps*, non signée, mais certainement du même artiste.
Provenant de la Collection *A. Millot*.

66. **Maria** (de). *Armée Italienne*, 1881-1882. **Aquarelles originales** ; in-fol., en feuilles.

Collection de *30 Aquarelles originales*, donnant la représentation de l'Armée Italienne sous Victor-Emmanuel.
Belle série.

67. **Costumes Militaires Italiens,** Espagnols, Belges. Réunion de 13 pièces diverses, en noir et *en couleurs*

---

68. **Costumes Militaires** : Uhlan Prussien. — Cuirassier Prussien. — Garde noble Hongroise de l'Empereur d'Allemagne. — Halte de Cavalerie, etc. — Six pièces de C. Vernet, gravées par Debucourt, Scheriski, etc ; épreuves en noir (la dernière *en couleurs*).

69. **Costumes Militaires** : Armée Française, depuis la fondations des Régiments jusqu'à nos jours (Napoléon III). — Armées Russe, Prusienne, Autrichienne, etc. — Réunion de environ 250 pièces, imagerie populaire *coloriée*, découpées et réunies en 4 albums petit in-4, cart.

70. **Costumes Militaires.** — Réunion de **8 Aquarelles** originales diverses.

71. **ECKERT ET MONTEN**. Les Armées d'Europe, représensentées en groupes charactéristiques, composés et dessinés d'après nature par H. A. Eckert et D. Monten à Munich. *Wurzbourg*, *s. d.* (vers 1835) ; petit in fol., en feuilles, dans 8 cartons.

Collection très importante composée de 631 planches, ainsi formée :

France, 20 planches, dont 1 double avec variante et 1 pl. non citée, et 3 tableaux. — *Suisse*, 16 planches. — *Prusse*, 41 planches et 9 tableaux. — *Bavière*, 53 planches et 2 tabeaux. — *Wurtemberg*, 30 planches. — *Bade*, 21 planches. *Saxe et Duché de Saxe*, 38 planches. — *Hanovre*, 21 pl. — *Brunswick*, 14 planches. — *Electorat de Hesse et Grands. Duchés de Hesse*, 42 planches - *Mecklembourg*, 20 planches. — *Holstein*, 13 planches. — *Oldenbourg*, 8 planches. — *Nassau*, 11 planches — *Villes libres*, 14 planches.— *Principautés diverses*, 28 planches.— *Autriche*, 44 planches et 4 tableaux. *Suède*, 40 planches. — *Russie*, 107 planches et 31 tableaux,

Exemplaire en belles épreuves *coloriées* du **Premier tirage, le plus complet connu** ; il contient un certain nombre de varientes et et une planche non décrite : *Le Maréchal de France* (voir la reproduction sur la couverture du catalogue). — Les couvertures de livraisons au nombre de 48, sont conservées. — La " Russie " est dans son cartonnage original.

Exemplaire **unique** en pareille condition.

72. **Eckert et Monten**. Les Armées d'Europe, représentées en groupes caractéristiques,..... *Wurzbourg, s. d.* (vers 1835) ; in 4, en feuilles.

Réunion de 47 pl. diverses, en premier tirage, en noir et *coloriées*, comprenant :

France, 1 pl. (epreuve en noir, avec les notes pour le coloris en allemand). — *Prusse*, 1 pl. (en noir). — *Bavière*, 3 pl. (1 en noir). — *Wurtemberg*, 4 pl. (en noir). — *Bade*, 4 pl. (1 en noir). — *Hanovre*, 1 pl. — *Hesse* (Electorat et Grands-Duchés de). 15 pl. (2 en noir). — *Mecklembourg*, 2 pl. (1 en noir). — *Holstein*, 4 pl. — *Villes libres*. 1 pl. (en noir). — *Francfort*, 2 pl. — *Russie*, 9 pl.

73. **LEROY**. Costumes militaires de l'Armée des alliées, ayant pris part à la bataille de Waterloo. Dessins originaux, montés en 1 album in 4 obl., mar. lavallière, dos orné, fil. or et décoration à froid couvrant les plats, tr. dor. (Muller, succ. *de Thouvenin*).

Précieuse collection de 31 *petites aquarelles originales* de *P. Leroy*, représentant les troupes anglaise, prussienne, belge, etc. ayant pris part à la bataille de Waterloo. — Ces dessins ont été éxécutés par l'artiste d'apres nature à Bruxelles en juin 1815. La 1re de ces pièces représente le *cheval de bataille de Wellington*.

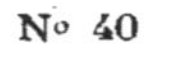

N° 40

Preussische Husaren Trompeter. Regiment No. 6 und 2.

175

N° 41

Costumes Civils

74 **BRUYN (Abraham de).** Omnium pene Europæ, Asiæ, Aphricæ atque Americæ gentium habitus. Habits de diverses nations de l'Europe, Asie, Afrique et Amérique. Abraham de Bruyn excudit, s. l. (*Antverpiæ*), 2 parties en 1 vol. in fol. obl., demi rel.

Suite de Costumes des plus rares; elle se compose de 1 titre, 1 front et de 61 planches numérotées de 1 à 58, plus 4 pl. numérotées 28 et différentes. La pl. 18 et 55 sont en double.

A la suite, du même: *Costumes d'Ecclésiastiques et d'ordres Religieux;* 1 f. d'avis et 18 planches.

75. **Demay (G).** Le Costume au Moyen-Age d'après les sceaux. *Paris, Dumoulin*, 1880, gr. in 8, fig., demi rel. chagr. rouge avec coins, dos orné, tête dor., *non rogné.* (*Rel. de l'Edit.*).

Un des 75 exemplaires sur *papier vélin à la cuve* (Ex nº 15).

76. **Glen (Jean de)**, *liégois.* Des Habits, Mœurs, Cérémonies, Façons de faire anciennes et modernes du Monde, avec les Portraicts des Habits taillés, par Jean de Glen Liegois. *Liège. Jean de Glen*, 1601, petit in 8, *fig.*, veau anc.

Orné de plus de 100 planches de costumes gravés sur bois.

77. **Vecellio.** Costumes anciens et modernes. Habiti antichi et moderni di tutto il mondo di Cesare Vecellio. *Paris, typ. de F. Didot frères*, 1860, 2 tomes en 1 vol. in 8, *fig.*, cart. bradel vélin, tête dor., non rogné, *couv. conservées.* (*Champs*).

Exemplaire sur *papier de Chine.*

78. **Vranck (Seb.).** Costumes d'Hommes et de Femmes de différents pays d'Europe. *Séb. Vranck inv.* (*Anvers*),

P. de Jode, sculpt. et exc., *s. d.* (vers 1630) ; in 4, en feuilles.

Suite de 8 planches, représentant des costumes belges, anglais, français, allemands, etc.

---

79. **Bouchardon.** Etudes prises dans le bas peuple, ou les Cris de Paris. Première (et deuxième) suite. *Paris, Fessard*, 1737, in 4, demi rel. veau.

Ex. contenant 20 planches.

80. **Challamel** (A). Histoire de la Mode en France. La toilette des femmes depuis l'époque Gallo romaine jusqu'à nos jours. Orné de 17 planches gravées sur acier, coloriées à la main d'après les aquarelles de F. Lix. *Paris*, 1875, gr. in-8, *pl. coloriées*, demi rel., chag. vert avec coins, tête dor., *non rogné*, *couv. conservée.*

81. **Compte-Calix.** Album Keepsake des Costumes de la Cour Française depuis Charles VII jusqu'à Louis XVI. *Paris*, 1854, in-4, cart. bradel, dos et coins percal. verte, *couv. conservée* (recto).

Album de 20 planches gravées et *coloriées.*

82. **Costumes Français.** *Aquarelles originales* ; in-4, en feuilles.

Quatre aquarelles originales du XVIIIe siècle, non signées, finement exécutées dans le goût de Desrais, représentant : *Servante de Lion*, *Païsane de Bourg en Bresse ; Païsan Savoyard*, *Savoyarde de Meillerie.*

83. **Costume Parisien.** L'Indiscret, Observateur des Modes, de l'an 6 à 1824. — Réunion de 30 planches *coloriées.*

84. **Grévin.** A travers Paris. *Paris, anc. M^on Martinet (imp. Lemercier)*, s. d., in-fol., cart. bradel percal. brune, *non rogné.*

Suite complète de 12 lithographies *coloriées*, par Grévin, représentant des costumes et scènes parisiennes : *Les Reines du Vélo*, *Route de Mabille*, *La chasse au miroir*, etc.

85. **Guillaumot** fils (A.). Costumes du Directoire, tirés des Merveilleuses, avec une lettre de M. V. Sardou.

30 eaux fortes de A. Guillaumot fils, avec un portrait de M. V. Sardou. Dessins de MM. Eug. Lacoste et Draner, d'après des estampes du temps. *Paris, Rouquette*, 1875, in-fol., cart. bradel, dos percal., *non rogné.*

Les planches sont sur *papier chine monté.*

86. **Le Clerc**. Divers desseins de figures, dédiés à Monsieur de Boucœur. *Paris*, *Jeaurat*, *s. d.* (vers 1715), petit in-4, en feuilles.

Titre et 19 planches dessinées et gravées par Séb. Le Clerc.
Ces planches coupées au cadre sont remontées.

87. **Lecomte** (H.). Costumni Civili e Militari della Monarchia Francese dal 1200 sino al 1820. *S. l.*, *n. d.* (*Lith. Cuciniello e Bianchi*, *vers 1821*) ; 2 vol. in 4, demi rel.

2 titres et 380 planches lithographiées et *coloriées.*

88. **Lalaisse** (H.). Types d'Alger et de Tunis (1850). *Aquarelles originales* ; in 4, en feuilles.

Collection de 25 *aquarelles originales* (2 dessins) de H. Lalaisse, représentant des Types d'Alger et de Tunis.

89. **LA MÉSANGÈRE**. **Costume Parisien,** de l'an 8 à 1831. Réunion de 1393 planches *coloriées*; en feuilles.

Très importante réunion de 1393 planches de cette collection, ainsi composée :
An 8 (18 pl.) ; an 9 (18 pl.) ; an 10 (43 pl.) ; an 11 (43 pl.); an 12 (69 pl.) ; an 13 (61 pl.) ; an 14 (17 pl.) ; 1806 (45 pl.) ; 1807 (47 pl.) ; 1808 (67 pl.) ; 1809 (53 pl.) ; 1810 (46 pl.) ; 1811 (56 pl.) ; 1812 (52 pl.) ; 1813 (58 pl.) ; 1814 (42 pl.) ; 1815 (37 pl.) ; 1816 (24 pl.) ; 1817 (30 pl.) ; 1818 (44 pl.) ; 1819 (33 pl.) ; 1820 (36 pl.) ; 1821 (59 pl.) ; 1822 (64 pl.) ; 1823 (39 pl.) ; 1824 (60 pl.) ; 1825 (45 pl.) ; 1826 (60 pl.) ; 1827 (52 pl.) ; 1828 (62 pl.) ; 1829 (61 pl.) ; 1830 (75 pl.) ; 1831 (27 pl.).

90. **La Mode**, 1832-1833. — Réunion de 71 planches *coloriés.*

On y a joint le texte : avril 1831 — Janv. 1834, 9 vol., demi rel. chag. rouge (quelques lacunes).

91. **Modes** : Petit courrier des Dames, la Sylphide, la Mode illustrée, etc., de 1834 à 1880. — Réunion de 152 planches *coloriées.*

92. **Modes**, 1891-1896. — Lot de environ 60 planches *coloriées* ; gr. in-fol., en feuilles.

93. **Moreau le jeune.** Monument du Costume physique et moral de la fin du XVIIIe siècle ou tableaux de la Vie, ornés de 26 figures dessinées et gravées par Moreau le jeune et par d'autres célèbres artistes. Texte par Restif de la Bretonne, revu et corrigé par M. Ch. Brunet. Préface par M. A. de Montaiglon. *Paris, Willem*, 1876. - **Freudenberg.** Histoire des mœurs et du Costume des Français dans le XVIIIe siècle, orné de 12 estampes dessinées par S. Frendenberg et gravées par les premiers artistes, *Stuttgart, Scheible, s. d.* — Ens. 2 ouvrages en 1 vol. gr. in fol., demi rel. chag. rouge avec coins, *non rogné*.

Le 1er ouvrage est tiré à 370 ex. sur *papier vélin*, figures *en noir*. — Le 2e est tiré à 300 ex., figures *en bistre*.

94. **Viel-Castel** (Cte H. de). Collection des Costumes, Armes et Meubles, pour servir à l'Histoire de France, depuis le commencement du Ve siècle jusqu'à 1814. Paris, 1845, in-fol., en feuilles, dans un carton.

Réunion de 222 planches lithograhiées de l'ouvrage ci-dessus, numérotées de 1 à 300, et comprenant du Ve siècle à Louis XIV.

95. **Costumes** français et étrangers. — Réunion de 47 pièces par Bonnart, de St-Jean, G. La Chapelle, Boucher, etc.

---

96. **Carrache** (A.). Le Arti di Bologna disegnate da annibale Caracci ed intagliate da Simone Guilini coll' assistenza di Alessandro Algardi, agguintavi la Vita del sudetto Annibale Caracci. *Roma*, 1740, in-fol., cart. anc.

Collection de 1 port-front. et 80 planches à l'eau forte des Cris et Métiers de Bologne au 16e siècle. Ex. avec la pl. 79 qui manque souvent.

97. **Colin** (A.). Costumes de diverses Provinces d'Italie, recueillis et litographiés par A. Colin. *Paris, Giraldon-Bovinet*, 1830 ; in-fol., en feuilles, sous *couv. ill.*

Suite complète de 1 couverture et 12 lithographies *sur chine*, de costumes féminins italiens.

98. **Costumes Italiens.** *Aquarelles originales* du XVIIIe siècle; in-4, en feuilles.

Collection de *20 aquarelles originales du XVIIIe siècle*, non signées, finement exécutées dans le goût de *Desrais*.

99. **Costumes Italiens.** *Gouaches originales*, in-fol., en feuilles.

Collection de *10 gouaches anciennes*, non signées.

100. **Costumes italiens.** *Aquarelles originales*, petit in-fol., en feuilles, dans une reliure.

Collection de *38 aquarelles* non signées, sur papier vélin.

101. **Costumes**, métiers, scènes de mœurs de l'Italie. *Aquarelles oririginales*, in-fol., cart.

Collections de *24 aquarelles originales* signées *Michela de Vito*.

102. **Métiers** et costumes de *Naples* et environs. *Aquarelles originales*; in-4; en feuilles.

Intéressante collection de *18 aquarelles originales* non signées, finement exécutées.

103. **Scènes** populaires de **Naples**. *Aquarelles originales* in-fol., cart.

Collection de *10 aquarelles originales*, non signées, finement exécutées, representant des scènes populaires de Naples.

On y a joint : 1° 3 gravures *coloriées*, donnant la représentation de 3 des dessins ci-dessus. Ces pièces portent la mention : fait par F. Kaiser, d'après nature, et la date de 1814.

2° 2 vues de Naples; fait par F. Kaiser d'après nature, 1812-1813; in-4 obl., *coloriées*.

104. **Costumes de Rome**; in-4, demi rel.

Collection de 1 frontispice gravée et coloriée et de *40 aquarelles originales* non signées.

---

105. **Modes allemandes,** 1789-1804; in-8, en feuilles.

Intéressante série renfermant 182 planches *coloriées*.

106. **Das Kœnigreich Bayern** in Seinen Acht Kreisen. *S. l., n. d. (Sommel et Ezuer, vers 1835)*; in-fol., en feuilles.

Titre-frontispice et 8 planches *coloriées* de costumes d'habitants de la Bavière, compositions avec paysages, sous des portiques.

L'une des planches a été dessiné par *Kreul* et gravée par *Wagner*; les autres, dont une gravée par *Walther*, ne portent que des initiales de dessinateurs.

107. **Volkstrachten** der Deutschen. *Leipzig, Breitkopf und Hærtel, s. d.* (1830); in-fol., en feuilles.

Suite complète de 6 planches lithographiées d'après les dessins de *Opiz*, de costumes des habitants d'Allemagne et d'Autriche.

Chaque planche est à plusieurs personnages.

---

108. **Modes Viennoises**, 1793-1810; in-8, en feuilles.

Belle série renfermant 193 planches *coloriées*.

109. **Valerio** (Th.). Souvenirs de la Monarchie Autrichienne. Suite de dessins d'après nature gravée à l'eau forte par Théodore Valério. *Dresde, Imp. R. Meyer et Cie, s. d.* (vers 1855), 2 parties en 1 vol. gr. in-fol., vélin à recouvrements, *non rogné, couv.* (Pouillet).

Premier tirage à 150 exemplaires, de 42 belles planches gravées à l'eau forte, sur *papier de Chine*, par Th. Valério : Costumes de la *Hongrie*, de la *Croatie*, de la *Slavonie* et des *Frontières militaires*.

On y a joint les deux livraisons de *Dalmatie* (6 pl.), et du Monténégro (12 pl.), également en *Premier tirage*, tiré à 150 exemplaires.

Ensemble 60 eaux fortes.

---

110. **Costumes du Comté d'York**, représentés dans une série de 40 planches, fac-similes des dessins originaux, accompagnées de descriptions en anglais et en français. *Londres*, 1814, in-fol., *planches*, demi rel. de l'époque, chag. brun.

Orné d'un frontispice et de 40 planches *en couleurs*, dessinées par G. Walker et gravées par R. et D. Havell, représentant des costumes civils et militaires, occupations diverses, etc. Texte anglais et français.

Bel ouvrage, dont les estampes sont de belle qualité.

111. **Modes Anglaises.** 1798-1806 ; in-8, cart.

Collection renfermant 163 planches *coloriées*. (3 planches avec coupures).

112. **Modes Anglaises**, 1809-1829. — Réunion de 48 pièces *coloriées*.

113. **Pyne** (W. H.). The Costume of Great Britain. Designed, engraved, and written by W. H. Pyne. *London, Miller*, 1804, in-fol., *planches*, mar. rouge à

long grain, dos orné, compart de fil. et dent. or . t à froid, tr. dor. (*Rel. de l'époque*).

Vignette sur le titre et 60 planches *en couleurs* de Costumes civils et militaires, scènes de Mœurs, etc.

Très belle collection. Bel exemplaire.

114. **Smith** (J. Th.). Vagabondiana ; or, anecdotes of Mendicant Wanderers through the streets of London; with portraits of the most remarkable, drawn from the life by John Thomas Smith. *London*, 1817, in-4, *fig.*, demi rel. chag. bleu avec coins, plats toile, tr. dor. (*Rel. de l'époque*).

Curieux ouvrage, orné d'un frontispice et 32 planches à l'eau forte, représentant différents types de vagabonds et mendiants de Londres.

---

115. **Maaskamp** (E.). Tableaux de l'Habillement, des Mœurs et des Coutumes dans la République Batave, au commencement du XIXe siècle. *Amsterdam, Maaskamp*, 1803, in-4, demi rel. mar. bleu à long grain avec coins, tête dor. (*Thierry*).

Exemplaire contenant les 2 premières livraisons de cet ouvrage ; orné de 8 jolies figures de Costumes, *en couleurs*, Texte en français et hollandais.

Premier tirage.

116. **Van den Eeckhout.** La Nouvelle figure à la Mode de ce temps, desine (*sic*) G. Vanden Eeckhout et gravé par J. Troyen, mis en lumière par Hugo Allardt. S. l., n. d (vers 1660) ; in-4, cart.

Suite complète de 12 planches de Costumes d'Hommes et de Femmes du XVIIe siècle. Rare.

---

117. **Costumes Espagnols.** *Aquarelles originales* ; in-fol., en feuilles.

Collection de *12 aquarelles originales*, exécutées vers 1810 à 1815, par *un Officier Anglais de la garnison de Gilbraltar*. Chaque aquarelle représente plusieurs personnages masculins et féminins ; deux sont relatives aux *Courses de Taureaux*.

---

118. **COSTUMES SUISSES.** Aquarelles originales du XVIIIe siècle ; in 4, en feuilles.

Collection de 50 *aquarelles originales du 18e siècle*, non signées, finement exécutées dans le goût de *Desrais*.

---

119. **Le Prince.** *Divers ajustements et usages de Russie*, dédiées à M. Boucher, peintre du Roy, par son très humble et très obéissant serviteur et son élève Le Prince. Dessinés en Russie d'après nature et gravés à l'eau forte par J.-B. Le Prince ; in-4, cart.

Recueil contenant 80 planches.

---

120. **Costumes du Levant.** Suite de *9 aquarelles* anciennes ; in-fol., en feuilles.

121. **The Costume of China.** Illustratred in 48 coloured engravings. By William Alexander. *London*, *Miller*, 1805, in-4, *pl.*, demi rel. mar. rouge à long grain avec coins, tr. jasp.

Ouvrage accompagné de 48 planches ; Costumes, mœurs et usages de Chinois.

Ex. avec la suite des planches en double état : *en noir* et *coloriées*.

122. **Les Punitions des Chinois**, représentées en 22 gravures, avec des explications en anglais et en français. *Londres*, *W. Miller*, 1804, in-4, *fig. coloriées*, mar. vert à long grain, dos orné, compart de dent. dor. et à froid, tr. d'or. (*Rel. de l'époque*).

123. **Van Overmeer Fisscher** (J.-F.) Bijdrage tot de Kennis van het Japansche Rijk, door J.-F. Van Overmeer Fisscher. Met platen. *Te Amsterdam*, *Muller*, 1833, in-4, 15 *pl. en coul.* veau brun, dos et plats ornés fers spéc. or. et à froid, tr. dor., *couverture conservée*, (*Rel. de l'époque*).

Ouvrage orné d'un frontispice, et de 14 belles planches, *en couleurs*, de scènes, d'intérieures et de costumes japonais.

124. **ALBUMS CHINOIS. — Artisans Chinois.** Album in-4, cart. étoffe.

Suite de *10 aquarelles* sur papier de riz, représentant différents métiers chinois.

125. — **Bateaux Chinois.** Album in-4 oblong, cart. étoffe.

Suite de *12 aquarelles* sur papier de riz, représentant différents types de bateaux chinois

126. — **Escrime** Album in 4 obl. cart. étoffe.

Suite de *9 aquarelles* sur papier de riz.

127. — **Fabrication de la Soie** en Chine. Album in-4 oblong., cartonné.

Album de *12 aquarelles* sur papier de riz, représentant l'élevage des vers à soie, le tissage, la teinture de la soie, etc.

128. — **Personnage Chinois** et sa suite. Album in-4, cart.

Suite de *12 aquarelles* sur papier de riz.

129. — **Personnages Chinois**, hommes et femmes. Album in 4, cart. étoffe.

Très belle suite de *12 aquarelles* sur papier de riz. — Ces pièces d'une finesse d'exécution très remarquable sont de véritables miniatures ; elles représentent des personnages en pied, dignitaires, princesses, etc., de la Chine.

Costumes de Théâtre

130. **Costumes de Ballets**, époque du Premier Empire. *Aquarelles originales*, in-4, cart.

Curieuse collection de *29 aquarelles originales*, de l'époque du *Premier Empire*, représentant, en pied, différents costumes de Ballets ; plusieurs représentent en autres, des militaires. — Déchirure à deux pièces.

131. **Costumes de Théâtre.** Opéra Italien. Vers 1820-1850. *Dessins et aquarelles originales* ; in-4, en feuilles, dans des cartons.

Collection de plus de *850 dessins, croquis et aquarelles*, représentant les Costumes de tous les Opéras et Ballets mis au Théâtre royal de Parme, de 1820 à 1850 environ, pendant l'époque la plus brillante du Théâtre lyrique italien au XIXe siècle. Cette collection d'un grand intérêt pour l'histoire du Costume théâtral italien, donne les costumes originaux portés par les artistes lors de la création des plus célèbres opéras de *Verdi, Donizetti, Rossini*, etc., tels que *Il Trovatore, Il Saltinbanco, Ernani, Semiramide, Inès de Castro, Il Barbiere di Siviglia, Rigoletto, Lucrezia Borgia, Macbet, etc.*

132. **Costumes de Théâtre,** Costumes de fantaisie. Réunion de environ 620 pièces, imagerie populaire *coloriée*, découpées et montées en 7 vol. in-4, cart.

133. **Fragonard.** Album dramatique. *Paris, Gihaut, s. d.*, in-4 obl., cart. dos et coins percal. verte, *couv. conservée (recto)*.

Suite de 6 pièces représentant diverses scènes du Théâtre de Beaumarchais. — A la suite, 2 autres planches : *La Dame des Belles Cousines et l'Enfant trouvé.*
Ensemble 8 pièces.

134. **Grévin.** Costumes de Théâtre ; in-4 en feuilles.

Collection de *28 dessins* sur papier calque. Provient de la vente de l'artiste.

135. **Guillaumot fils** (A.). Costumes du XVIIIe siècle, tirés des Prés-Saint-Gervais, avec l'autorisation de M. V. Sardou, Ph. Gille et Ch. Lecocq. 20 eaux-fortes de A.

Guillaumot fils, d'après les dessins de Draner. *Paris, Rouquette*, 1874, in-fol., cart. bradel, dos percal grise, *non rogné.*

136. **Hugo** (V.). Edition Nationale. Costumes dessinés par Louis Boulanger pour la Esmeralda, opéra en 4 actes, musique de Louise Bertin (1836). Gravures en couleur de A. Guillaumot fils. Préface de C. Nuitter. *Paris, Testard*, 1888, in-4, en feuilles, dans un cart. spécial.

Tiré à 525 ex. sur papier vélin. Ex. d'auteur.
On y a joint : Grandes scènes de Ruy-Blas. 5 composition inédites de Wogel. *Paris, Quantin, 1888* ; in-4, en ff., sous couv. imp.

137. **Mekenreuter.** Neu-erossneter Masquensaal oder : Der Verk leidetein Sendnichen Gotter Gottinnen und Vergotterter Heden Theatralischer tempel... Ben Johan Melcenreuter. *Bayreuth, John Lobern*, 1723, in-fol., cart.

Recueil de Costumes de Théâtre dans le genre des pièces de Bonnart. — Ex. incomplet, se composant de 3 ff. lim , 87 pp. de texte, 4 ff. de table et 82 planches de Costumes, signées J. C. Dehne fe. Quelques restaurations.
Provient de la *vente Porel.*

138. **Riccoboni** (Louis). Histoire du Théâtre Italien, depuis la décadence de la Comédie latine, avec un catalogue des tragédies et comédies italiennes imprimées depuis l'an 1500 jusqu'à l'an 1660, et une dissertation sur la tragédie moderne. *S. l., n. d.* (*Paris*, 1727), in-8, *fig.*, veau anc.

Premier ouvrage important qui ait été écrit sur la Comédie Italienne.
Orné d'un front. et de 18 planches très jolies gravées par *Joullain*, représentant les acteurs de la Comédie Italienne dans leurs différents rôles.
A la suite : *Dell'Arte Rappresentativa* Capitoli sei di Luigi Riccobini. *Londres*, 1728.

Ouvrages et Recueils

sur la

Topographie, l'Histoire, les Mœurs, etc.

139. **Almanac**. *L'Empire de la Beauté*, par les Elemens, les Ages et les Saisons, Etrennes au beau sexe. *Paris, Janet, s. d.* in-18, mar. grenat dos orné, fil., dent. int.

Suite complète de 1 front. et 12 jolies vignettes gravées et *coloriées*. L'une d'elle, « l'Air » représente un *Ballon*.

140. **Almanac de Poche,** pour l'année M DCC LVIII, avec la naissance des Rois, Reines, Princes et Princesses de l'Europe, et suivi de pièces agréables et utiles, et orné d'emblêmes et d'autres figures en taille douce. Par les héritiers de J.-G. Wolffgang à *Berlin*, 1757, in-18, *fig.*, cart. anc., dent. argentée., tr. dor.

Titre-frontispice, 2 portraits, carte et 12 figures.

141. **Art Militaire, Escrime, etc.** 5 parties in fol. et in-4, brochés.

Extrait de l'*Encyclopédie de Diderot et d'Alembert*.

Art militaire, Exercice, Evolutions, Fortifications, 38 pl. et 59 planches. — Machines de guerre, tactique, etc. 34 planches. — Artificiers, 7 pl. — Armurier, Arquebusier, Coutelier, 10 pl. — Fourbisseur d'armes, 10 pl. — Escrime, 11 pl.

142. **The Battle of Waterloo,** also of Ligny, and Quatre-Bras, described by the series of accounts published by Anthority, with circumstantial détails. By a near observer..... To which is arder a register of the names of the officier employed, with their respective ranks, and the several casualties, arranged in regimental order, and alphabetically. Illustrated with the portraits of field-marshals Wellington and Blucher, maps and enlarged plans, view of the field of Waterloo, and 31 etchings descriptive of the positions of the

Britisch lines, and of regimental and individual acts of heroism, gallantry, and incidents arising during the operations, from sketches, by Georges Jones. Tenth edition enlarged and corrected. *London*, 1817, 2 tomes en 1 vol. in-4, *planches*, demi rel.

Ouvrage rare, orné de portraits, plans, cartes, vue panoramique, scènes, etc., en noir et *en couleurs*.

143. **Bellin**. Essai géographique sur les Isles Britaniques, contenant une description de l'Angleterre, de l'Ecosse et de l'Irlande, tant pour la navigation des costes que pour la connaissance de l'intérieur du Païs. *Paris, imp. de Didot*, 1757, in-4, *titre, vign. et cartes* veau marb. (Rel. anc.).

Titre gravé et nombreuses vignettes et culs de lampes représentant des vues d'Angletrre, dans de jolis encadrements par *Choffard*.

144. **Braun** (**G.**). Civitates orbis terrarum (In fine : *Coloniae Agripinae, P. a Brachel*, 1523 (pour 1573); in-fol., *titre et pl.*, veau, fil. et milieux (*Rel. anc.*).

Premier volume, orné de 59 planches donnant la représentation de 138 vues de villes gravées sur cuivre par *Hogenberg* et *Simon van den Noevel*, principalement de villes d'Europe. Ex. avec les planches *coloriées*. Reliure fatiguée.

145. **Brunes** (Joh. de). Emblemata of Zinne Werck : woorghestelt, in Beelden, ghedichten, en breeder vytlegghinghen. *T'Amsterdam*, 1624, in-4, *fig. sur cuivre*, vélin anc.

Volume orné d'un frontispice et de 51 figures d'Emblêmes gravés sur cuivre, intéressantes pour les mœurs et les costumes.

146. **Campagne d'Italie**, 1859. *Dessins originaux* à la mine de plomb ; in-4 et in-fol, en larg.

Collection de *20 dessins* et *1 carte*, relatifs aux différents événements de la Campagne d'Italie sous Napoléon III. Ces dessins ont été exécutés à l'époque par des artistes allemands : *F. Kraniz*, *W. Richter*, *A. Beck et F. Kaiser*.

147. **Caricatures** politiques. *S. l.*, An VI, in-12, fig., br.

Pamphlet royaliste très rare, orné de 5 figures gravées et *coloriées*, représentant les 5 classes de Républicains : *L'Indépendant*, *L'Exclusif*, *L'Acheté*, *L'Enrichi*, *le Sistématique*.

148. **Cats** (J.) Œuvres diverses de J. Cats (en hollandais) *La Haye, Middelbourg et Dordrecht*, 1625-1637, 3 vol. in 4, *fig.*, demi-rel.

Spiegel van den Ouden ende Nieuwen Tijdt. — Houwelyck. — Trou-Ringh.

Ces 3 vol. sont ornés de nombreuses gravures en taille douce, curieuses pour les nombreuses scènes de mœurs représentées.

149. **Commelyn** (J.) Histoire de la vie et actes mémorables de Frédéric Henry de Nassau, Prince d'Orange. Enrichie de figures en taille-douce et fidèlement translatée au Flamand en François. *Amsterdam*, 1656, 2 parties en un 1 vol. in-fol., *front., port. et pl.*, veau fauve, dos orné, fil. (*Rel. anc.*).

150. **Cortège** du Roy, des Princes et Seigneurs de sa Cour, et, des figurants des différents quadrilles, pour la Fête des Courses de Testes et de Bagues donnée par le Roy l'année 1662. — Sept planches dessinées et gravées par Israël Silvestre en 1664, et réunies en une seule planche, mesurant 3 m. 90 de longueur.

Représentation d'une des Fêtes les plus magnifiques données pendant la jeunesse de Louis XIV. Cette pièce représente l'itinéraire du cortège dans les rues St-Honoré, de Richelieu et St-Nicaise.

Belle épreuve.

151. **Cortège historique de la Ville de Vienne** à l'occasion des noces d'argent de leurs Majestés François-Joseph 1er et Élisabeth, 27 avril 1879. *Paris, Quantin.* (1879) gr. in-fol., en feuilles, dans le cart. de l'édit.

Édition tirée à 550 exemplaires (ex. nº495), orné d'un frontispice et 45 planches de groupes historiques et de cortèges.

152. **Du Mont** (J.). Batailles gagnées par le Prince Fr. Eugène de Savoye sur les Ennemis de la Foi, et sur ceux de l'Empereur et de l'Empire, en Hongrie, en Italie, en Allemagne et aux Pais-Bas, dépeintes et gravées en taille douce par le Sr Jean Huchtenburg, avec des explications historiques par M. J. du Mont. *La Haye*, 1725, gr. in-fol., *port., 10 planches et 6 cartes*, veau anc.

153. **Festzug der Stadt Wien** den 27 avril 1879 dargestellt durch Ed. Stadlin. *Wien, Moritz Perles*, *s.d.* (1879), gr. in-fol. obl. allongé, en feuilles, dans un emboitage en chag. avec fers spéciaux.

Belle publication faite à l'occasion des Noces d'Argent de l'Empereur et de l'Impératrice d'Autriche, composée d'un d'un titre et de 46 planches lithographiées *en couleurs*, importante pour l'histoire du Costume autrichien.

154. **Foreign field Sports,** fisheries, sporting anecdotes, etc., etc. From drawings by MM. Howitt, Atkinson, Clark, Manskirch, etc. Containing One hundred plates. With a supplement of New South Wales. *London, Edw. Orme*, 1814, 2 parties en 1 vol. in-4, *planches*, rel. cuir de Russie, dos orné, dent, à froid, tr. marb. (Rel. anglaise).

Ouvrage orné de 100 curieuses planches *en couleurs*, relatives à toutes sortes de *Chasses et pêches*, dont 13 planches consacrées aux *Courses de Taureaux*. — Le supplément est orné de 10 planches relatives aux chasses et mœurs des habitants de la Nouvelle Galle du sud.

Ens. 110 belles planches *en couleurs*.

155. **Galeries historiques de Versailles**, publiées sous la direction de MM. Gavard, Calamatta et Mercuri. *Paris*, 1837, 14 cartons in-fol., dont 6 de supplément, *port. et pl.*, en feuilles, dans des cartons.

Ce grand ouvrage exécuté au moyen du diagraphe et pantographe dont M. Gavard était l'inventeur, est orné de près de 1500 planches de reproductions de tableaux, statues, portraits, etc.

156. **Histoire** des conquêtes de Louis XV. Tant en Flandre que sur le Rhin, en Allemagne et en Italie, depuis 1744, jusques à la paix conclue en 1748. Par M. Dumortous. *Paris, De Lormel*, 1759, in-fol., *front. et pl.*, veau anc.

Illustré d'un frontispice par *Boucher*, de 12 vignettes en têtes et culs de lampe, et 41 planches de vues de batailles et de plans.

157. **Historisch-Genealogischer** Calender oder jahrbuch der merkwürdigsten neven Welt-Begebenheiten fur 1789. *Leipzig*, 1789, 2 parties en 1 vol. petit in-12, *fig.*, cart. anc., tr. dor.

Titre gravé, port. de Frédéric le Grand, 12 figures par *Chodowiecki*, scènes de la vie de Frédéric le Grand, 3 figures de Costumes militaires *coloriées*, 4 portraits et une carte.

158. **Kronungs-Actus** Bender Manst. Manst. Wilhem des Dritten und Maria. zum Konig und Konigin von Grosz-Brittannien, ... wie solches in Londen zu West-Munster den 21 April A°. 1689. *Hamburg, s. d.*, 2 parties en 1 plaq. in-4, planches, dérelié.

Relation de la cérémonie du couronnement de Guillaume III d'Orange et de Marie Stuart, comme roi et reine d'Angleterre, dans la cathédrale de Westminster à Londres en 1689. Orné d'une planche se dépliant.

A la suite : Anhang Einer Beschreibung Von dem Englischen Parlament. Orné d'une planche.

Petite piqure de ver.

159. **Landmann** (G.). Historical Military and Picturesque observations on Portugal, illustrated by 75 coloured plates. *London, Cardell and Davies*. 1818, 2 vol. gr. in-4, pl., demi rel. mar. brun avec coins, dos orné, têtes dor., *non rognés* (Rel. anglaise).

75 belles et curieuses illustrations *en couleurs*, planches de médailles, cartes et plans.

160. **Law**. Het Groot Tafereel der Dwaasheid, etc..... (Grand tableau de la Folie incroyable de la 20e année du XVIIIe siècle, etc... représenté par les gravures, les comédiens et les vers publiés par plusieurs amateurs, etc.). *S. l.* (*Amsterdam*) 1720, in fol., demi rel. anc., *non rogné*.

Recueil intéressant de caricatures et pièces historiques sur Law et sa fameuse banque. Texte hollandais.

Bel ex. contenant 76 planches, parmi lesquelles on remarque le *Jeu de cartes satyriques*, planche qui manque souvent.

161. **Manesson Mallet** (Allain). Les Travaux de Mars, ou l'art de la Guerre. *Paris, D. Thierry*. 1691 3 vol. in-8, *fig.*, veau, dos ornés, tr. rouges (*Rel. anc.*).

Ouvrage très intéressant pour les planches sur la plupart desquelles on trouve, soit le plan, soit la vue des villes de France et de l'étranger.

Bel ex. du Chr Vauleard.

162. **Melzo**. Regole Militari del Cavalier Melzo, Sopra il governo e servitio della Cavalleria. *In Anversa, appresso Gioachimo Trognesio*, 1611, in-fol., *titre front. et 16 pl. grav.*, demi rel. vél. anc.

N° 46

Chapeau de crêpe orné de rubans et de pavots. Robe de gros de Naples garnie d'une frange. Canezou de tulle brodé.

Coeffure à la Hollandaise. Pointe à jour.

N° 98

163. **Militaires** (Ouvrages). Réunion de 3 ouvrages in-8, *figures*, brochés, *couv. imp.*

Nolan (L.-E.). Histoire et tactique de la Cavalerie. Traduit de l'anglais, avec notes, par Bonneau du Martray. *Paris*, 1854.
Ficatier (Gal Baron). Histoire des campagnes des armées françaises, depuis 1792 à 1815, augmentée d'un résumé de la conquête d'Alger et de la guerre d'Afrique. *Paris*, 1843, 2 vol.
D'Houdetot (Ad.). Types militaires français. *Paris, s. d.*. Ensemble 4 volumes.

164. **Nicholson** (William). The History of the Wars occasioned by the French Revolution, etc., together witts a complete History of the Revolution in France, the war in Spain and Portugal, Russia, Prussia, etc., with biographical sketches of all the public characters of Europe. Exibiting a correct account of the general Congress at Vienna, the escape of Bonaparte from the Isle of Elba, etc. Embellished with elegant engravings. *London* 1817, in-fol., *planches*, demi rel. veau.

Ouvrage rare, orné de 22 planches gravées et *coloriées*, comprenant 1 frontispice, 20 portraits équestres de *Bonaparte*, *Alexandre Ier*, *Wellington*, *Blucher*, etc. et 1 planche : *Bataille de Waterloo.*

165. **Picart** (Bernard). Cérémonies religieuses de tous les peuples du monde... (*Amsterdam, 1723-1743*) — 214 planches par Bernard Picart; in-fol., en feuilles.

166. **Revolutions-Almanach** von 1796 (1799, 1802 et 1804). *Gottingen, H. Dieterich*, 1796 1804; 4 vol. in-12, *fig.*, demi rel.

Nombreuses figures historiques et portraits.

167. **Révolution de 1830**. *Paris, chez Osterval l'aîné;* in-4 obl., en feuilles.

Suite de 10 pièces, dess. par *Locillot et Goblain*, lithographiées par *Tassaert et Lemercier.*

168. **Ruinas de Zaragoza**. S. l., n. d. (vers 1810); in fol., en feuilles.

Suite de 22 planches à l'aquatinte par *J. Galbez* et *Fernando Brambila*, représentant les principaux événements du siège de Saragosse.
Belle suite, très rare.

169. **Le Sacre et Couronnement de Louis XVI,** roi de France et de Navarre, dans l'Eglise de Reims le 11 juin 1775 ; enrichi d'un très grand nombre de figures en taille-douce gravées par le sieur Pattas avec leurs explications. *Paris, Vente*, 1775, in-4, *front., 48 pl et vign.*, cart. bradel étoffe fantaisie, tête dor., *ébarbé.*

170. **Tableaux** historiques des Campagnes d'Italie, depuis l'an IV jusqu'à la bataille de Marengo ; suivis du précis des opérations de l'Armée d'Orient, des détails sur les cérémonies du sacre, etc. Toutes les vues ont été prises sur les lieux mêmes et les estampes sont gravées d'après les dessins originaux de Carle Vernet. *Paris, Auber*, 1806, in-fol., *port. et fig.*, cart. anc., *non rogné.*

171. **Tomkins** (P. W). To her Royal Highness, the Princess Amelia, this Book, representing the Birth-Day Gift or the Joy of a New Doll, from papers cut by a Lady. *London*, 1796, in-4 obl., demi rel. mar. bl. avec coins.

Album de titre et 7 jolis petits sujets représentant des *jeux de fillettes*, gravés par *P. W. Tomkins.*

172. **Venturini** (C.). Russlands und Deutschlands Befreiungskriege von der Franzosen Herrschaft unter Napoléon Buonaparte in den Jahren 1812-1815. *Leipzig*, 1816 1819, 4 vol. in-8, *port., fig. en noir et coloriées et cartes*, demi rel. bas.

Ouvrage orné de 4 figures, 9 planches contenant 45 portraits, 12 planches de Costumes Militaires, *coloriées*, et 3 cartes.

173. **Vues d'Allemagne** et de la Suisse Saxonne *Dresden, E. Arnold, s. d.* (vers 1830) ; in-4 obl., en feuilles.

12 belles vues, *en couleurs*, de Dresde, de Moritzbourg, de Pillnitz, de la vallée d'Ottowale, de la grotte de Kuhstall, etc., par *J. C. A. Richter et Witzanni.*

Portraits-Charges

Collection de Dessins Originaux

CAZALS (F. A.)

174. Emile Blémont. Gabriel Vicaire. Albert Mérat, etc.
6 Dessins.

CAZALS, LOÉVY, etc...

175. J. M. de Hérédia. Paul Verlaine. André Lemoyne. Charles Mauras. J de Marthold, etc.
9 Dessins et croquis.

COHL (E.), Sidney, etc.

176. Robida. A. Guillaume. Vallet.
4 Dessins.

COLL - TOC

177. V. Duruy. Paul Bert. E. Magnard. P. Déroulède. Léon Vanier.
5 Dessins.

FAU (F.), TARDIEU

178. Marcel Legay. Adolphe Retté. Xavier Privas.
3 Dessins.

JOB, COLL-TOC, etc.

179. Rubinstein (A.). Litolff. Rostand (Edmond.).
3 Dessins.

LÉANDRE

180. Ballot-Beaupré.
Dessin réhaussé.

LÉANDRE

181. Portrait de l'Artiste, en soldat.
Dessin au crayon.

LE PETIT (Alfred)

182. Jules Jouy. Maurice Bouchor. Ferny, etc.
5 Dessins.

LUQUE (M.)

183. Victoria, reine d'Angleterre. Isabelle, reine d'Espagne. Nicolas, empereur de Russie. Prince Impérial d'Allemagne. François Joseph, empereur d'Autriche. Humbert, roi d'Italie. Léopold II, roi des Belges. Carlos Ier, roi de Portugal. Guillaume, roi des Pays-Bas. Le Sultan. Le Shah de Perse, etc.
15 Dessins.

184. Léon XIII. Mgr. Richard, archevêque de Paris. Mgr. Perraud. Mgr. Freppel. Le père Hyacinthe Loison, etc.
7 Dessins.

185. Bismark. De Molke. Crispi. Glastone. Lord Salisbury. Lord Lytton. Castelar. etc.
15 Dessins.

186. Prince Napoléon. Duc de Chartres, Comte de Paris. Duc de Nemours.
4 Dessins.

187. Amiral Aube. Jurien de la Gravière. Cte d'Hérisson. Colonel de Bange. Général Lewall. Général Thibaudin. Général Ferron.
7 Dessins.

188. Alphand. Mellard Wadington. Herbette. Bihourd, Poubelle, etc.
7. Dessins.

189. Emile Olivier. Rousse. Cunéo d'Ornano. Anatole de la Forge. F. Pyat. etc.
9 Dessins.

190. Fallières. Basly. Joffrin Jacque. Laguerre. Ribot, etc.
9 Dessins

191. Pasteur. Berthelot. Frémy. Docteurs Varnier. Péan. Charcot. Richet.
7 Dessins.

192. Savorgan de Brazza. Stanley. Edison. G. Tissandier. etc.
5 Dessins.

193. Duc d'Audriffret-Pasquier. De Mazade. Gaston Boissier. De Quatrefages. Bertrand. Legouvé. Camille Doucet. C. Rousset. Caro. Mézières.
10 Dessins.

194 Nisard. Xavier-Marmier. M. Du Camp V. Tissot. Gondinet. A. Belot. Elie Berthet. Ricard
8 dessins.

195. Clovis Hugues. Goudeau. H. Céard. Léon Hennique. Ernest Daudet. Ch. Diguet. etc.
10 dessins.

196. Arthur Meyer. A. Wolff. Th. Gille. John Lemoine. A. Millaud. etc.
7 dessins.

197 Tolstoï. A. France. J. Lemaître. A. Meilhac. L. Halévy.
5 dessins.

198 Laurent Tailhade. H. de Regnier. Ch. Cros. René Ghil. T. Corbière. A. Rimbaud. etc.
9 dessins.

199. La Patti. Krauss, Van Zand. Galli Marié. Rosita Maury. Capoul. De Reské. Lasalle. etc.
9 dessins.

200. Marie Laurent. Mme Agar. Brandès. J. Granier. Mlle Bartet. Baretta. J. Hading. C. Montaland. Léonide Leblanc. etc.
13 dessins.

201. Paul Mounet. Brasseur. Marais. Lambert père. Porel. Delaunay. Berthelier. Dailly. Lassouche. Daubray. Baron etc.
14 dessins.

202. Léo Delibes. Reyer. Sarasate. Guiraud.
4 dessins.

203. Meissonier. Gérome. Bonnat. Guillemet. Léonnec. H. de Sta. Rosa-Bonheur. Louise Abbéma, etc.
10 dessins.

204. Garnier. Bartholdi. Carrier-Belleuse. Deck, directeur de la manufacture de Sèvres. etc
5 dessins.

205. La Maréchale Boot. Brébant. Jouaust, éditeur. etc.
4 dessins.

206. Marceline Valmore. Anaïs Ségalas. Marie Colombier. D[sse] de Mouchy, etc.
6 dessins.

LUQUE (Manuel)

207. **Portraits-Charges.** Croquis originaux. Album in-fol. oblong, cart.

Album de l'Artiste renfermant *165 dessins originaux* à la mine de plomb et à l'encre de Chine, portraits-charges des célébrités contemporaines : *Grévy, A. Dumas fils, Gérome, Bismarck, J. Claretie, Déroulède, Gal Thibaudin, Pasteur, A. Houssaye, Gal Boulanger, Rothschild, F. de Lesseps, Tourgueneff, Chevreul, Louise Michel, Gal Galliffet, Rubinstein, A. Silvestre, Rochefort, Brisson* en colère, *Carolus-Duran, Garibaldi, J. Ferry, Gambetta, Taine, Gounod, L. Delibes, Sardou*, etc., etc.

NOURY (G.), GODEFROY

208. Antoine. Gyp. Charles Le Goffic. etc.
4 dessins.

SCHUFFENECKER, IBELS, etc.

209. Dr Bonnefoy. Paul Gaugain. Emile Schuffenecker, etc.
5 Dessins.

SEM

210. Henri Rochefort.

Dessin à l'encre de chine.

NOTA — *Nous nous réservons la faculté de réunir ou de diviser les nos de cette collection de dessins originaux suivant les demandes de MM. les Amateurs et Marchands.*

Portraits

Dessins originaux à la mine de plomb et à l'aquatinte par Massard, Sandoz, Regnaud, etc., exécutés pour la *Gallerie Historique de Versailles ;* in 4, en feuilles.

211. Barbarus. Pomponius Laetus. Pic de la Mirandole. Montpensier (Gilbert de Bourbon, Cte de), vice-roi de Naples. Savonarole. Christ. de Longueil. J. Sadolet. Come II de Médicis.
   8 dessins.

212. Montfort (Simon III, Cte de). Levis (Guy de). Molay (Jacques de). Foulque de Villaret, gd maître de l'ordre de S. J. de Jérusalem. Parisot de la Valette (J.), grand maître de l'ordre de S. J. de Jérusalem.
   5 dessins.

213. Philippe le Bon, duc de Bourgogne. Jean sans Peur, duc de Bourgogne. Marie de Bourgogne, archiduchesse d'Autriche. Philippe Ier le Bel. Anne de France, dame de Baujeu. Henri VIII roy d'Angleterre. Hallewin (Jeanne de), dame d'Allaye.
   10 dessins.

214 Boucicault, dit Jean le Meingre. Dunois. Tanneguy-Duchastel. Vendôme (François de Bourbon, Cte de). Gaston de Foix. Vendôme (Cesar, duc de). La Meilleraye.
   7 dessins.

215. Le père La Chaise. Th. Corneille. Boileau. Condé. (Louis de Bourbon, prince de). Phélipeaux (L.), Cte de Pontchartrain. Brunswick Wolfenbuttel (Charles, duc de). D'Este (Fr. Marie), duc de Modène. Machault d'Arnouville (J. B. de).
   9 dessins.

N° 197

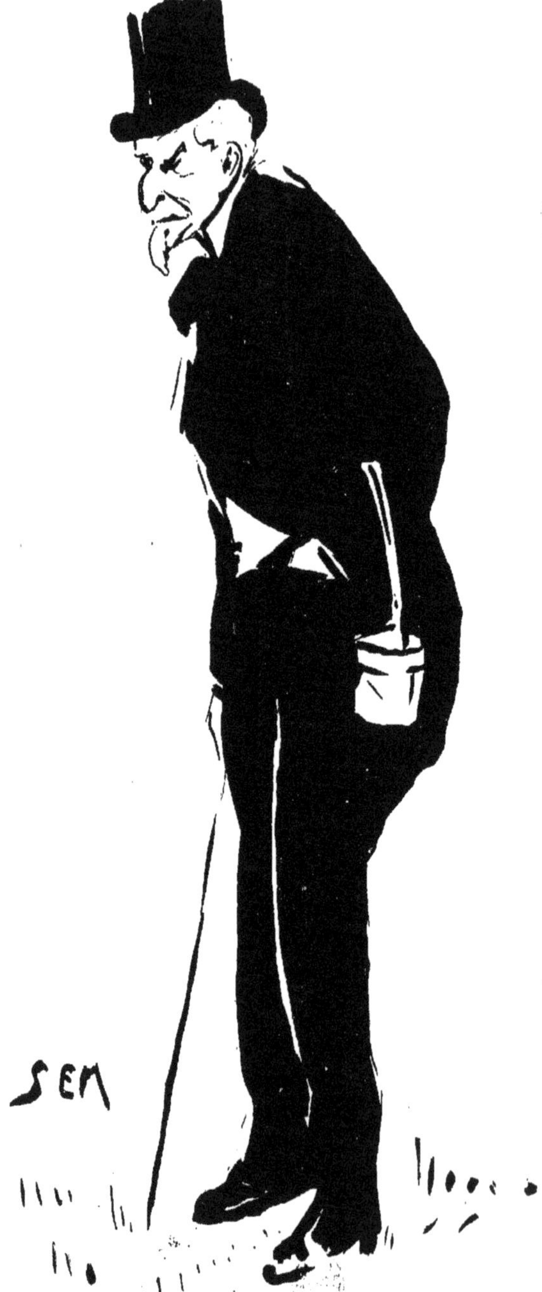

N° 210

216 Pierre 1er, empereur de Russie. Cagliostro (J. Balsamo).
2 dessins.

217. Eugène Beauharnais. Belliard. Bessieres Brune. Clausel. Gérard. Grenier Hatry. Maison. Moreau. Molitor. Lecourbe.
12 dessins.

218. Desaix. Moncey. Michel Ney. Hohenlohe. Junot. Leclerc.
6 dessins.

— ——

Estampes diverses

ADAM (V.).

219. Costumes de la République, 4 pl.; Costumes de l'Empire, 3 pl.; Macédoine Patriotique; Costumes Militaires; Souvenirs de Normandie, etc. — 30 pièces lithographiées (4 coloriées).

BELLANGÉ (H.).

220. Album lithographique. *Paris, Gihaut* (*Lith. de Villain*), 1825, in-4, demi rel.

Titre et 14 lithographies.

CHARLET.

221. Alphabet moral et philosophique à l'usage des petits et des grands enfants. *Paris, Gihaut*, 1835, in-4 obl., cart., dos et coins percal., *couv. conservée* (*recto*).

Suite complète de 25 lithographies.

222. Planches non terminées, croquis à la plume, sujets divers. — Réunion de 54 pièces sur Chine et sur blanc, plusieurs fort rares.

223. Sujets divers, Scènes militaires, planches extraites des albums. — Réunion de 253 planches.

CARICATURES POLITIQUES

224. Réunion de 73 planches lithographiées par Daumier, Cham, Vernier, Bouchot, etc. (*20 coloriées*).

DIVERS

225. Cahiers (4) de charges à l'eau forte par J.-A. Chevalier, 1770-1771, 24 pièces (réimpression). — Les Quatre Saisons dess. à la plume par Colette, 4 pièces. — Colonne Française. Grande histoire en 20 petites gravures. Couverture et 14 planches lithographiées (sur 20). — Album lithographique. Titre et 19 lithog. — Lacauchie. Galerie Dramatique, 17 pl. coloriées. — Costumes de Théâtre, 40 pièces. — Sujets divers.

Réunion de 145 pièces.

226. *Callot.* La Noblesse. Suite de 12 figures. — *Salvator Rosa.* Costumes. Suite de 32 figures. – *Duncker.* 1re (2e et 3e) suite, Recueil de petites figures gravées d'après les dessins des plus habiles maîtres, propres à différents usages. Suite de 36 pièces. — Ens. 3 albums, le 1er relié en vélin, les 2 autres brochés.

Réimpressions.

Eaux fortes, lithographie

227. Collection d'eaux fortes par Rajon, Boilvin, Champollion, Lalauze, Courtry, Toussaint, Milius, de Los Rios, etc., d'après les tableaux de J.-P. Laurens, L.-O. Merson, Rochegrosse, Detaille, Bouguereau. J. Lefebvre, Bonnat, Henner, Boulanger, Carolus-Duran, Gérome, Harpignies, Cabanel, R. Collin, Chaplin, Roll, E. Lambert, B. Constant, Dagnan-Bouveret, etc., etc. — 190 pièces, épreuves *avant la lettre, sur Japon.*

228. Eaux fortes et lithographies diverses. — 12 pièces par Eug. Delacroix, J. Jacquemart, Ed. Hédouin, P. Renouard, P. Vidal, etc. Belles épreuves *avant la lettre.*

GÉRICAULT

229. Etudes de chevaux. La Giaour. Mazeppa. Lara blessé, etc. – 30 pièces lithographiées.

GROUX (Henri de)

230. Les Vendanges. Lithographies de Henry de Groux. Texte de Léon Bloy. *Edité par « l'Estampe Originale »*; in fol.

1 Couverture, 1 lithographie « La Vigne abandonnée », épr. sur *Japon, signée,* et texte, 4 pp.

GREVEDON, VIGNERON

231. Rachel Félix (Mlle). Bourbier (Mlle Vaie). Bourgoin (Mlle). Sontag (Henriette). etc. — Six portraits lithographiés, belles épreuves, 2 *coloriées* et 2 sur *chine* (une *avant la lettre*).

HÉLOISE et ABAILARD

232. Réunion de vingt pièces, portraits, vues, scènes, imagerie, etc. gravées et lithographiées, en noir et *en couleurs*, concernant Héloïse et Abailard.

HERSENT

233. Contes de La Fontaine. *Paris, Lithog. de F. Delpech*, 1818-1819, in-4, cart. bradel.

Suite complète de 10 planches lithographiées. On y a ajouté le port. de La Fontaine par P. Sudré et celui de L. Hersent.

MILLET (J. F.)

234. Femme faisant manger son enfant (Béraldi, 18). Eau forte originale. Belle épr *avant la lettre*, sur *chine*.

MONNIER (H.)

235. Récréations. *Paris, Aubert et Cie, s. d.* (vers 1840); in-4 obl., cart. toile.

Suite complète de 6 planches à plusieurs sujets, lithographiées et *coloriées*.

236. Portraits divers d'H. Monnier, par lui-même, par Gavarni, Eug. Lami, etc. Dix pièces.

NAPOLÉON

237. Portraits, scènes, etc, gravés sur acier par Ch. Geoffroy, Pannier, Outhwaite, etc. d'après Eug. Charpentier, Steuben, Deveria, Sandoz, etc. — Cent quatre pièces, *épreuves d'artistes, avant la lettre*, la plupart sur *papier de Chine*.

Belle collection pour l'illustration.

PORTRAITS

238. La Fontaine. Descartes. Montaigne. Regnard. J.-J. Rousseau. J.-B. Rousseau. Voltaire. Racine. Richelieu. — Neuf pièces par Ficquet et Savart.

239. Louis XVI. Marie Antoinette. Louis XVII. Louis XVIII. Duc et Duchesse d'Angoulême Duc de Berry. Charles Philippe de France, Monsieur, frère du Roi. Marie-Joséphine-Louise de Savoie. Élisabeth-Phillippine Marie-Hélène de France. Marie-Thérèse. — Onze

portraits gravés par Schiavonetti, Bartolozzi et Vendramini.

240. Ecrivains, littérateurs, poëtes, etc. — Réunion de *quatre-vingt-dix* portraits in-12 et in-8, pour l'illustration.

241. Portraits des Personnages Historiques et des Femmes célèbres du siècle de Louis XIV. — Collection de 55 portraits gravés par L. Ceroni, d'après les émaux de Petitot, épreuves sur *papier du Japon.*

242. Portraits de Femmes célèbres du siècle de Louis XIV. Collection de 26 portraits gravés par L. Ceroni, d'après Petitot, épreuves tirées in-12, sur papier vélin, et *coloriées.*

On y a joint 6 portraits en double, épreuves in-8, avant la lettre, *sur papier de chine.*
Ens. 32 pièces.

243. Montaigne. Pascal. Corneille. Racine. La Fontaine. Molière. Regnard. Barthélemy. Marmontel. Fontenelle. Chenier. Diderot. Chateaubriand. Ninon de Lenclos, etc.— Collection de *dix-sept* portraits en pied, par Desenne, épreuves *avant la lettre*, sur *papier de chine.*

244. Malherbe. Pascal. De Gondi. C[al] de Retz. Mazarin. La Rochefoucauld. Molière. La Fontaine. Racine. Boileau. Anne d'Autriche. C[sse] de Grignan. M[ise] de Simiane, etc.— Collection de 12 portraits par Sandoz, épreuves *avant la lettre*, sur *papier de chine.*

245. **Littérateurs Modernes** : Th. Gautier. A. de Vigny. Barbey d'Aurevilly. G. de Maupassant. Rostand. A. France. A Daudet. Verlaine. etc.— Réunion de 30 portraits gravés par Rajon, Nargeot, Lœvy, etc., la plupart en *épreuves d'artistes*, sur *chine et japon.*

246. Portraits divers : C[sse] du Barry. Sarah Bernhardt. Berlioz. A. Gil. Princesse de Galles, etc.— 28 portraits gravés et lithographiés par Léandre, Courtry, Gilbert, Deville, etc.

ROPS (F.)

247. Frontispices divers. Quarante pièces, épreuves sur *papier de chine* (1 *sur japon*).

ROUSSEAU (Th.)

248. Chênes de Roche. Eau-forte originale. Belle épreuve sur *chine* (B. 4).

RAFFET

249. Retraite et prise de Constantine ; 4 pièces coloriées. Croquis pour l'amusement des enfants, 1828, 6 pièces. Costumes militaires, 2 pièces. — Ens. 12 pièces lithographiées, belles épreuves.

SCHEFFER (G.)

250. Ce qu'on dit et ce qu'on pense. Couverture lithographiée. (*Rare*).

VERNET (H.)

251. Album lithographique par Horace Vernet. *Paris, Delpech, s. d.* (vers 1830) ; in-4 obl., demi-rel., *non rogné, couv. conservée* (recto).

9 planches lithographiées.

VIGNETTES

252. Vignettes du XVIIIe siècle, par Moreau, Marillier, Le Barbier, Queverdoo, Freudenberg, Chodowieski, Eisen, Monnet, etc. — 96 pièces, la plupart *avant la lettre* et *état d'eau-forte*.

253. Vignettes anciennes et modernes. — Lot de 110 pièces diverses.

254. Vignettes du XIXe, gravées sur acier d'après Prud'hon, Desenne, Johannot, Gavarni, etc. — Réunion de 50 pièces diverses, la plupart en épreuves *avant la lettre, état d'eau forte*, etc.

LE VÉSINET

IMPRIMERIE Ch. BRANDE

23, Rue de l'Eglise

RED. :

20

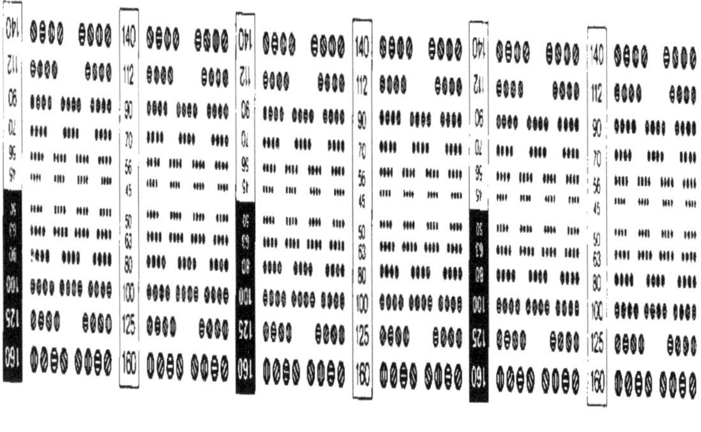

0 1 2 3 4 5 6 7 8 9 10

www.ingramcontent.com/pod-product-compliance
Ingram Content Group UK Ltd.
Pitfield, Milton Keynes, MK11 3LW, UK
UKHW021017180726
13838UKWH00004B/1570